글 마크 스페링

영국 런던에서 디자인과 미술 공부를 했습니다. 모리스 샌닥의 그림책을 좋아하며
작가의 작품 중 〈그린〉은 모리스 샌닥에 대한 기사를 읽은 뒤 영감을 받아 썼습니다.
지금은 아들 올리버와 함께 브리스톨에 살고 있으며 꾸준히 작품 활동을 하고 있습니다.
주요 작품으로 〈해바라기 칼〉, 〈내 생일은 몇 밤 남았어요?〉 등이 있습니다.

그림 세바스티앙 브라운

스트라스부르 대학에서 순수 미술과 응용 미술을 전공했습니다.
그 뒤 응용 미술을 가르치다가 프리랜서 일러스트레이터로 활동하고 있습니다.
2000년에 런던으로 건너와 지금까지 어린이를 위한 그림책 작업을 꾸준히 해 오고 있습니다.
주요 작품으로 〈느려도 괜찮아!〉, 〈파내기 대장 푹푹!〉, 〈내 생일은 몇 밤 남았어요?〉 등이 있습니다.

옮김 최용은

한국외국어대학교에서 영어와 포르투갈어를 전공했습니다. 유아, 아동 출판 분야에서 오랫동안 일했으며,
아이들에게 꿈과 웃음을 주는 책을 만들고자 열심히 글을 쓰고 있습니다.
옮긴 책으로 〈기가노토사우루스〉, 〈소시지 머리〉, 〈핑크 공주와 초록 완두콩〉 등이 있습니다.

크리스마스는 몇 밤 남았어요?

초판 1쇄 펴낸날 2015년 12월 3일 | **글** 마크 스페링 | **그림** 세바스티앙 브라운 | **옮김** 최용은
펴낸이 박형만 | **펴낸곳** 도서출판 (주)키즈엠
편집책임 오혜숙 | **편집** 박수연, 박종진, 천미진, 신경아 | **디자인** 최윤정, 한지혜, 이동훈
제작 김선웅, 박지훈 | **마케팅** 전미현, 정승모, 이경학 | **출판번호** 제396-2008-000013호
주소 서울시 강남구 봉은사로 115, 3층(논현동)
전화 1566-1770 | **팩스** 02-3445-6450 | **홈페이지** www.kidsm.co.kr
ISBN 978-89-6749-477-3, 978-89-97366-13-2(세트)

이 도서의 국립중앙도서관 출판예정도서목록(CIP)은 서지정보유통지원시스템 홈페이지(http://seoji.nl.go.kr)와
국가자료공동목록시스템(http://www.nl.go.kr/kolisnet)에서 이용하실 수 있습니다.
(CIP제어번호 : CIP2015027118)

크리스마스는 몇 밤 남았어요?

글 마크 스페링 그림 세바스티앙 브라운

동화구연 QR코드

어느 겨울날 아침, 아기 곰이 침대에서 일어나
아빠 곰에게 콩콩 뛰어갔어요.
그러고는 아빠 곰을 흔들어 깨웠어요. "아빠, 아빠!"

아빠 곰이 길게 하품을 하고
기지개를 켰어요.
그리고 베개를 매만진 뒤,
다시 잠을 자기 시작했어요.

쿨쿨쿨쿨쿨쿨쿨쿨

"아빠, 얼른 일어나세요!
오늘은 크리스마스라고요."
아기 곰이 큰 소리로 말했어요.

아빠 곰은 졸음 가득한 목소리로 말했어요.
"아니야, 아직 크리스마스가 아니란다.

크리스마스가 되려면
아직 네 밤이나 더 자야 해."

"정말요?" 아기 곰은 한숨을 폭 내쉬었어요.

"실망하지 말렴. 우린 앞으로 할 일이 많아서
아주 바쁠 테니까." 아빠 곰이 아기 곰에게
모자를 씌워 주며 말했어요.

아빠 곰과 아기 곰은 크리스마스트리를
만들기로 했어요.

숲으로 간 아기 곰과 아빠 곰은
크리스마스트리를 만들기에
알맞은 나무를 찾았어요.

그날 밤 아기 곰과 아빠 곰은
나무에 알록달록한 전구와
예쁜 장식들을 달았어요.

"크리스마스까지 네 밤만 자면 된단다."
아빠 곰은 아기 곰에게 다시 알려 주었어요.

"알았어요, 아빠……."
졸린 아기 곰이 아빠 곰의 품에 안겨
중얼거렸어요. "한 밤, 두 밤, 세 밤……."

다음 날 아침,
아기 곰은 곤히 자고 있는 아빠 곰을 깨웠어요.

"아빠, 일어나세요!
오늘은 크리스마스예요!"
아빠 곰은 크게 하품을 하며
일어났어요.

"얘야, 아직 크리스마스가 아니란다.
크리스마스가 되려면 세 밤이 남았어."
아빠 곰이 말했어요.

"세 밤이나요?"
아기 곰은 한숨을
폭 내쉬었어요.

아빠 곰은 아기 곰에게
크리스마스 카드를 만들자고 했어요.
둘은 크리스마스 카드를
예쁘게 만들었지요.

크리스마스 카드를 완성한 아기 곰과 아빠 곰은

집으로 돌아온 아기 곰이

친구들에게 카드를 전했어요.

"우아! 우리한테도 크리스마스 카드가 왔어!"

우편함에 들어 있는 크리스마스 카드를 꺼내며 말했어요.

밤이 되자 아기 곰은 잘 준비를 했어요.

그리고 아빠 곰은
아기 곰을 위한 특별한 카드를
만들었어요.

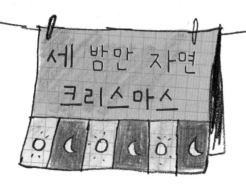

세 밤만 자면
크리스마스

다음 날 아침, 잠에서 깬 아기 곰이 아빠 곰에게 달려갔어요.

"아빠, 일어나세요! 오늘은 크리스마스예요!"
아빠 곰은 졸린 눈을 비비며 말했어요.

"아직 아니란다.
오늘은 크리스마스가 아니야.
오늘도 일찍 일어났으니
크리스마스 선물을
포장해 볼까?"

아빠 곰과 아기 곰은 서로의 선물이 무엇인지 알 수 없게
등지고 돌아앉아서 정성스레 선물을 포장했어요.
크리스마스 아침에 제일 먼저 풀어 볼 선물들이었지요.

그날 밤, 아빠 곰과 아기 곰은 크리스마스트리
아래에 선물을 잘 놓아두었어요.
그리고 아기 곰은 바닥에 누워
크리스마스트리의 전구가
깜빡깜빡
반짝이는 것을
오랫동안 지켜봤어요.

아기 곰에게
사랑을 담아
아빠가

아빠
사랑해요

잠자리에 들기 전
아빠 곰이 아기 곰에게 말했어요.
"얘야, 크리스마스가 되려면
두 밤을 더 자야 해. 알겠지?

두 밤을 더 자면 크리스마스란다."

하지만 다음 날,
아기 곰은 아빠 곰의 말을 모두 잊어버렸어요.
"아빠! 일어나세요!
오늘은 틀림없이 크리스마스예요!"
아기 곰이 침대 위에서 폴짝 뛰며 말했어요.

잠에서 깬 아빠 곰은
머리를 긁적거렸어요.

"아직 크리스마스가 아니야.
오늘은 특별한 친구들을 만들어 볼까?"
눈 덮인 숲을 바라보면서 아빠 곰이 말했어요.

아기 곰과 아빠 곰은 밖으로 나가 눈사람을 만들었어요.
아빠 곰은 큰 눈사람을,
아기 곰은 작은 눈사람을 만들었지요.

그날 밤, 아기 곰이 아빠 곰에게 물었어요.
"아빠, 이제 크리스마스까지 몇 밤 남았어요?"

"음, 글쎄…….
크리스마스트리도 만들었고,
카드도 보냈고,
선물도 포장했고,
새 친구도 두 명이나
만들었지……."

이제 더 이상 할 일이 없구나.
크리스마스까지 딱 한 밤만
자면 된단다."
아빠 곰이 말했어요.

"한 밤요? 딱 한 밤?"
아기 곰이 방긋 웃었어요.

아빠 곰도 크리스마스가 기다려졌지요.

드디어 기다리고 기다리던 그날이 왔어요. 일찍 일어난 아빠 곰이 아기 곰에게

살금살금 다가갔어요. "얘야, 그날이란다."

아기 곰이 눈을 뜨자,
아빠 곰이 환하게 웃으며 말했어요.
"어서 일어나렴. 오늘이 바로 크리스마스란다."

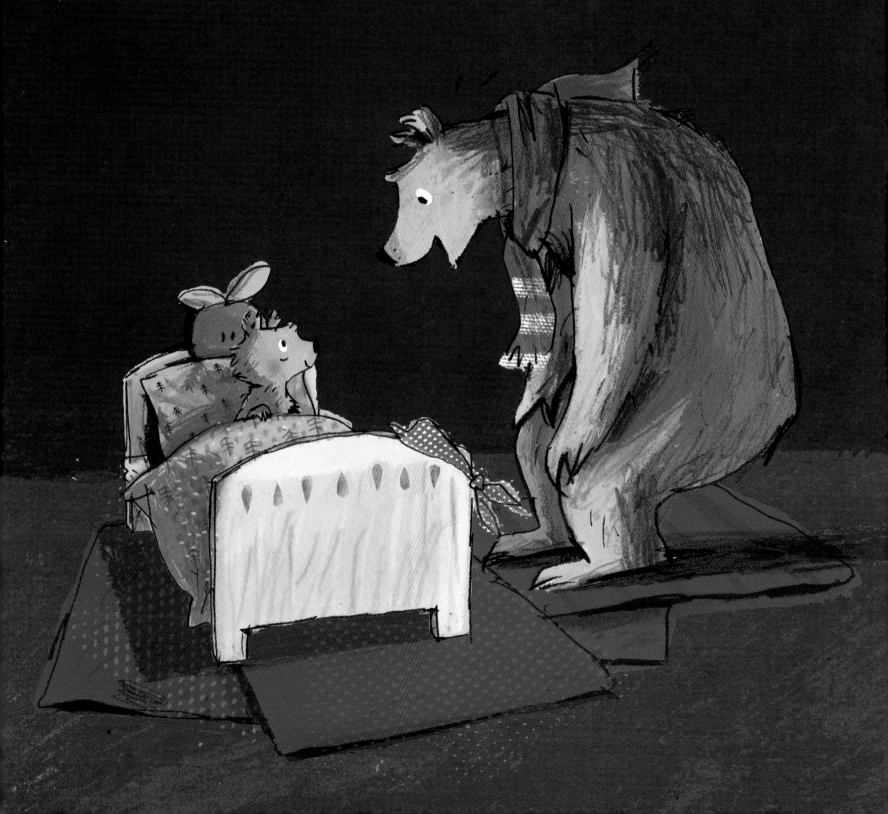

아빠 곰은 아기 곰을 안고 크리스마스트리로 갔어요.
아빠 곰과 아기 곰은 기뻐서 크게 소리를 질렀지요.
그 소리에 숲 속의 동물들이 모두 잠에서 깨고 말았어요.

넬과 앨(넬의 아빠 곰)을 위해 -마크 스페링

레오니에게 사랑을 담아 -세바스티앙 브라운